Guía de lectura

Escrita por Dominique Coutant-Defer
Traducida por Laura Soler Pinson

La vuelta al mundo en 80 días

de Julio Verne

Entiende fácilmente la literatura con

ResumenExpress.com

www.resumenexpress.com

JULIO VERNE

NOVELISTA FRANCÉS

- **Nacido en 1828 en Nantes (Francia)**
- **Fallecido en 1905 en Amiens (Francia)**
- **Algunas de sus obras:**
  - *Viaje al centro de la Tierra* (1864), novela
  - *La vuelta al mundo en 80 días* (1873), novela
  - *La isla misteriosa* (1874), novela

Julio Verne, nacido en Nantes en 1828, empieza a estudiar Derecho, y a partir de 1852, publica una obra de teatro y algunos cuentos. Entabla amistad con el aventurero Jacques Arago (autor y explorador francés) y conoce a exploradores y científicos. Su primera novela, *Cinco semanas en globo* (1863), cosecha un éxito enorme. Este libro marca el inicio de los *Viajes extraordinarios* que se componen de 18 cuentos y de 65 novelas, entre los que encontramos *Viaje al centro de la Tierra* (1864), *Veinte mil leguas de viaje submarino* (1869), *La vuelta al mundo en 80 días* (1873), *La isla misteriosa* (1874), *Miguel Strogoff* (1876), etc. Estas obras, que tienen una excelente base documentada, mezclan aventuras, anticipación e imaginación, y reflejan el interés que el autor muestra por los avances tecnológicos de su época y por los viajes.

En 1886, muere su editor y amigo Jules Hetzel; además, declina su interés por la ciencia; ambos hechos marcan un punto y aparte en su carrera. Muere en Amiens en 1905. Hoy en día, es uno de los autores de lengua francesa más traducidos a nivel mundial.

LA VUELTA AL MUNDO EN 80 DÍAS

UNA APUESTA REDONDA

- **Género:** novela de aventuras
- **Edición de referencia:** Verne, Julio. 2015. *La vuelta al mundo en 80 días*. Booklassic. E-book en PDF
- **Primera edición:** 1873
- **Temáticas:** viaje, aventura, reto, descubrimiento, persecución, peligro

La novela de aventuras *La vuelta al mundo en 80 días*, publicada en 1873, conoce un éxito fulgurante y de ella se hace una tirada excepcional, se llevan a cabo múltiples traducciones, una adaptación teatral y se crean productos derivados (estatuillas de Phileas Fogg, juegos, etc.). Los lectores se ven seducidos por el increíble periplo del inglés Phileas Fogg, que ha apostado que dará la vuelta al mundo en 80 días, y para ello empleará los más diversos medios de transporte: barco, tren, elefante, trineo, etc. Se querrá emular su viaje, y varios aventureros intentarán llevar a cabo en serio esta experiencia, en las condiciones establecidas por la novela.

RESUMEN

CAPÍTULOS 1-3

El misterioso Phileas Fogg vive en Londres. Es rico y soltero, y pasa la mayor parte del tiempo en su club. Un día del año 1872, contrata a un nuevo criado: un francés apodado Juan Picaporte que, tras haber ejercido varios oficios, desea un empleo más tranquilo. Este está contento de haber encontrado un trabajo en casa de Phileas Fogg, cuya vida está regulada como un metrónomo, y cuyo hogar es confortable y ordenado.

Por la noche, durante una partida de whist en el Reform Club, las personalidades evocan un importante robo que se ha perpetrado en el banco de Inglaterra. Pero atraparán pronto al ladrón, puesto que en la actualidad, se puede dar la vuelta al mundo «en ochenta días tan sólo» (Verne 2015, 16), sostiene Phileas Fogg, que apuesta la mitad de su fortuna a que asume el reto y que estará de vuelta el 21 de diciembre de 1872. Desglosa las etapas de su viaje.

CAPÍTULOS 4-5

Cuando vuelve a su casa, manda a Picaporte, muy contrariado, que prepare un equipaje ligero, le informa de que forma parte de la expedición y se lleva la mitad de su fortuna para el viaje.

Los ingleses, interesados por las apuestas y por la geografía, quedan cautivados por la empresa, y en la Bolsa, cotiza una nueva acción, «la Phileas Fogg». Pero rápidamente se extiende el rumor de que Phileas sería el autor del robo, y que estaría emprendiendo el viaje para escapar a la policía.

CAPÍTULOS 6-8

Una semana más tarde, el detective Fix, que trabaja en Suez, la primera etapa del periplo de Fogg, espera así la llegada del viajero por barco tras haber recibido el aviso de Londres.

Phileas Fogg insiste en que le visen el pasaporte (es decir, que le pongan un sello) para tener una prueba de su paso por Suez. Sin embargo, Fix no puede detenerlo, puesto que no ha recibido la orden de arresto. Entonces, el detective interroga al parlanchín Picaporte, que le informa de la empresa de su amo, cuya próxima etapa es Bombay. También le habla de la elevada cantidad de dinero que Fogg lleva consigo. Fix decide seguirlos.

CAPÍTULOS 9-11

En el barco, Fogg, imperturbable, juega al whist, mientras que Picaporte hace turismo durante las escalas. Gracias a los vientos favorables, el barco llega a Bombay dos días antes de lo previsto. Phileas acude para que le sellen el pasaporte. Fix muestra su decepción: todavía no ha llegado la orden de arresto. Por su parte, un cura le arranca un zapato a Picaporte en el interior de un templo hindú.

Dado que la línea del ferrocarril que debía llevarlos hasta Calcuta no está acabada, Fogg decide seguir el periplo a lomos de un elefante, acompañado por Sir Cromarty, al que conoce en el barco, y por un guía.

CAPÍTULOS 12-15

Durante un trayecto desapacible en el bosque, los ingleses se cruzan con un cortejo fúnebre hindú: una joven viuda será quemada junto al cadáver de su marido. Phileas, que tiene doce horas de ventaja, decide salvarla: cuando cae la noche, el grupo rodea la pagoda donde tendrá lugar el sacrificio y Picaporte, que engaña a los guardias, salva a la mujer, que ya está colocada en la pira.

Tras haberse despedido de Sir Cromarty, Phileas y Picaporte toman un tren hacia Calcuta y se llevan a la viuda, llamada Aouida. Pero ya allí, Fix, para retrasar a Fogg, ha denunciado a Picaporte ante la policía local por el incidente de los zapatos, por lo que este último es condenado a ocho días de prisión. Phileas prefiere pagar una enorme fianza antes que perder tiempo.

CAPÍTULOS 16-19

El 25 de octubre, embarcan hacia Hong Kong, y Phileas cuida con afán a Aouida. Fix ha subido con discreción a bordo del barco, ya que desea a toda costa arrestar a Fogg en Hong Kong, situado en territorio inglés. Picaporte, intrigado por la presencia de Fix, de nuevo junto a ellos, deduce que es un miembro del Reform Club que comprueba el buen desarrollo del viaje, mientras que el detective piensa que su verdadera función ha sido descubierta.

En Hong Kong, Fogg no encuentra al familiar con el que

Aouida quería contactar. Así, la joven seguirá el viaje junto a él y a Picaporte.

En un fumadero de opio, Fix le pide a Picaporte que le ayude a retener en Hong Kong a Phileas (que debe embarcar al día siguiente hacia Japón), puesto que la orden de arresto todavía no ha llegado. Así, le confiesa cuál es su verdadera misión, pero el criado se niega a creer que su amo sea deshonesto. Entonces, Fix le hace fumar opio hasta que se duerme, y espera de esta manera retrasar la salida de Fogg.

CAPÍTULOS 20-23

Al día siguiente, Phileas se entera de que su barco, listo antes de hora, ha zarpado el día anterior sin que se le haya informado. Fix se regocija al saber que la próxima salida no se produce hasta ocho días más tarde, pero Fogg encuentra un pequeño barco que va hacia Shanghái, desde donde podrá a continuación llegar hasta Yokohama. Encarga a la policía la tarea de encontrar y de repatriar a Picaporte, que no ha aparecido. Fix también embarca.

El capitán, estimulado por la importante prima que le ha prometido Phileas, hace todo lo posible por llegar a tiempo a Shanghái, pero un tifón los retrasa. Cuando se acercan a Shanghái, pone la bandera a media asta para llamar la atención del paquebote que Phileas quiere tomar, pero es demasiado tarde: está abandonando el puerto.

Por su parte, Picaporte, recuperado de su embriaguez y tras haber sido avisado en el fumadero de la salida anticipada del barco hacia Japón, logra embarcar por poco, pensando que su amo está a bordo. El 13 de noviembre llega a Yokohama, solo y sin dinero. Para sobrevivir, se mete en una compañía de actores japoneses y, durante una representación, vuelve a encontrarse con Phileas y con Aouida.

CAPÍTULOS 24-31

«Nueve días después de haber salido de Yokohama, Phileas [ha] recorrido exactamente la mitad del globo terrestre» (Verne 2015, 133). Ya está en camino hacia América. Fix está a bordo del mismo barco, y por fin tiene en su poder la orden de arresto que, sin embargo, es inutilizable, puesto que Fogg ha abandonado el territorio inglés. Por lo tanto, decide seguirlo hasta Londres. El 3 de diciembre llegan a San Francisco.

Tras haber visitado la ciudad y haber asistido a un mitin político turbulento, los viajeros toman el tren hacia Nueva York, penúltima etapa del periplo. Aouida parece encariñarse cada vez más con Fogg, que le manifiesta únicamente su cortesía habitual.

Mientras atraviesan los Estados Unidos, admiran los paisajes variados, y Picaporte habla con un mormón, que le explica las costumbres de su comunidad. Los viajeros se espantan cuando el tren atraviesa a gran velocidad un puente que amenaza con venirse abajo por la nieve y que se derrumba tras su paso.

Fogg y sus compañeros juegan al whist para pasar el tiempo. Un estadounidense que ya ha insultado a Phileas durante el mitin de San Francisco le acusa ahora de hacer trampas. Los dos hombres deciden pelearse en la parte trasera del tren, pero sufren un ataque de los siux. El conductor queda herido, así que Picaporte toma las riendas de las operaciones y para el tren en la siguiente estación, lo que provoca la huida de los indios.

Tres viajeros, entre los que se encuentra Picaporte, han desaparecido. Fogg parte en su búsqueda, acompañado por algunos hombres, seducidos por la generosa prima prometida por el inglés. Logra rescatarlos de manos de los indios, pero ha perdido veinte horas y el tren se ha ido sin él.

Fix, que no quiere perder el rastro de Fogg, ha encontrado un conductor de trineo que puede llevarlos a Omaha (Nebraska), desde donde tomarán el tren hacia Chicago. El viaje es duro por el viento y por el frío, pero llegan a tiempo. El 10 de diciembre, están en Chicago, y el 11, en Nueva York. Sin embargo, el barco que debía llevarlos hasta Liverpool ha salido hace 45 minutos.

CAPÍTULOS 32-33

Fogg ofrece 8000 dólares a un capitán de barco y logra embarcarse con su criado, Aouida y Fix (a quien le paga el viaje) con destino a Burdeos. A continuación, soborna a la tripulación, encierra al capitán y se dirige a toda velocidad hacia Liverpool. Como falta carbón, se quema una parte del barco para alimentar las calderas. «A las doce menos veinte, el 21 de diciembre, Phileas Fogg desembarc[a], por fin, en el muelle de Liverpool» (Verne 2015, 195). Fix puede arrestarlo.

CAPÍTULOS 34-37

Picaporte se arrepiente de no haber avisado a su amo, que está en la cárcel, acerca de la función de Fix, lo que quizás le habría permitido preparar su defensa. Pero unas horas más tarde, el detective, contrito, lo libera: el verdadero ladrón ha sido arrestado tres días antes. Entonces, Fogg alquila, a precio de oro, un tren privado para llegar hasta Londres, pero llega con cinco minutos de retraso.

Se refugia entonces en su casa, casi arruinado, puesto que ha perdido su apuesta, pero no abandona su calma. Aouida le declara su amor y le propone matrimonio. Él acepta, confesándole también una fogosa pasión. Picaporte contacta a un pastor para que los case al día siguiente, lunes. Pero el pastor se niega a proceder a una unión... un domingo. El criado informa así a su amo de que ha llegado, en realidad, 24 horas antes: al ir hacia el este durante su viaje, Phileas caminaba hacia del sol y los días disminuían cuatro minutos por grado atravesado en esa dirección. Como la circunferencia terrestre cuenta con 360 grados, ha ganado un día en total y puede entrar, triunfal, por la puerta del Reform Club, puesto que ha ganado su apuesta.

ESTUDIO DE LOS PERSONAJES

PHILEAS FOGG

Phileas Fogg, de 40 años, se nos presenta como uno de los «más cumplidos gentlemen de la alta sociedad inglesa» (Verne 2015, 3), y como uno de los miembros más destacados del Reform Club, donde pasa la mayor parte de su tiempo. Es un personaje enigmático, que intriga por su sangre fría, su calma y su carácter taciturno. Vive solo, con una rutina implacable. Sin embargo, no duda en aceptar el increíble reto de dar la vuelta al mundo en 80 días, invirtiendo la mitad de su fortuna. Ninguno de los numerosos imprevistos que obstaculizarán su camino llegará a afectar su flema británica. También sabe mostrarse valiente, entregado y generoso cuando, por ejemplo, salva a Aouida de la pira y a Picaporte de los indios, o cuando gasta mucho dinero por ellos. La joven viuda tendrá que ser la primera en confesarle su amor para que él abandone su reserva.

PICAPORTE

Picaporte es francés. «[Es] un guapo chico de amable fisonomía [...], con una de esas cabezas redondas y bonachonas que siempre gusta encontrar en los hombros de un amigo» (Verne 2015, 9). Está cansado de los diferentes oficios que ha llevado a cabo (caballista en un circo, cantante ambulante, sargento de bomberos, etc.) y desea tener un trabajo más tranquilo cuando entra al servicio de Phileas Fogg. Sin embargo, sigue a este último en su caótica aventura, a la que acaba cogiéndole gusto, y en la que su ingenio le permitirá desenredar algunas situaciones críticas. Siente cada vez más apego por su curioso amo y lo apoya en su loca apuesta.

FIX

Fix es uno de los detectives enviados a los principales puertos ingleses para atrapar a Phileas, sospechoso de robo. Es «un hombrecillo flaco, de aspecto bastante inteligente» (Verne 2015, 26). La orden de arresto que le permitiría interpelar a Fogg llega siempre demasiado pronto o demasiado tarde en las distintas ciudades que atraviesan, por lo que se ve obligado a seguirlo y se embarca, muy a su pesar, en su periplo de aventuras. Aunque al principio de la novela Fogg lo irrita enormemente, termina por sentir estima y admiración hacia él.

MISTRESS AOUIDA

Mistress Aouida, condenada según la costumbre hindú a ser quemada junto al cadáver de su marido, es salvada por Fogg y por sus compañeros, que se cruzan en su camino en la India. Esta joven india posee una gran belleza y ha recibido una educación inglesa. Para protegerla de toda persecución, Phileas decide llevársela. Ella siente una inmensa gratitud hacia Picaporte, que la ha salvado de las llamas y no tarda en enamorarse de Fogg, que es muy atento con ella. Ella terminará por pedirle matrimonio.

CLAVES DE LECTURA

ESQUEMA ACTANCIAL

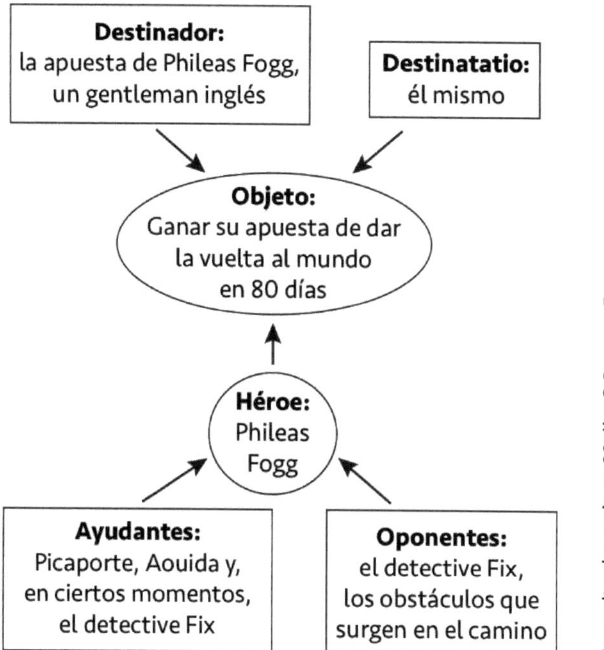

ESQUEMA NARRATIVO

Situación inicial: es el inicio de la historia, el momento en el que se pone en contexto y en el que se nos presenta a los personajes. La situación es equilibrada, es decir, no tiene razón alguna para evolucionar.

- Phileas Fogg, un gentleman inglés taciturno, lleva una vida ordenada en Londres.

Elemento perturbador: es un acontecimiento que perturba la situación inicial y que desencadena la historia propiamente dicha.

- Apuesta con los miembros de su club que dará la vuelta al mundo en 80 días.

Peripecias: son los acontecimientos provocados por el elemento perturbador y que desencadenan la o las acciones del héroe para resolver el problema.

- Parte con Picaporte, su nuevo criado. Atraviesa la India (donde recoge a Aouida, una viuda condenada a muerte), China, Japón y Estados Unidos. Su recorrido está repleto de obstáculos y es perseguido por el detective Fix, que lo considera culpable de un robo en un banco. Pero llega a Londres con cinco minutos de retraso, y cree que ha perdido su apuesta. Acepta la petición de matrimonio de Aouida.

Desenlace: pone fin a las peripecias y lleva a la situación final.

- Se entera de que finalmente ha llegado un día antes por el desfase horario.

Situación final: es el final de la historia. La situación es

estable otra vez, como la situación inicial, pero ha sufrido
cambios.

• Es llevado en volandas a su club, puesto que ha ganado
su apuesta.

UNA NOVELA DE AVENTURAS

El género literario de la novela de aventuras, al que perte-
nece *La vuelta al mundo en 80 días*, nace en la segunda mitad
del siglo XIX, bajo la influencia de novelas como *Robinson
Crusoe*, de Daniel Defoe (1719). La producción de estas obras
se encuentra esencialmente en Inglaterra, con autores como
Joseph Conrad (*Lord Jim*, 1900) o Robert Louis Stevenson
(*La isla del tesoro*, 1883), y en Francia, con Alejandro Dumas
padre (*Los tres mosqueteros*, 1844; *El conde de Montecristo*,
1845) o Julio Verne. Se trata de una literatura popular, que
a menudo aparece publicada en folletines en los periódicos,
y que ante todo quiere ocasionar la distracción y la evasión
del lector.

La novela de aventuras presenta las siguientes característi-
cas, que encontramos también en la obra que analizamos
aquí:

• escenifica una gran cantidad de peripecias rocamboles-
cas. A modo de ejemplo, podemos citar los múltiples
obstáculos a los que Phileas Fogg debe enfrentarse: los
trenes o barcos que pierde, el secuestro de Aouida, el
ataque de los siux, la desaparición de Picaporte, etc.;
• el suspense se mantiene constantemente para suscitar
el interés del lector, gracias a muchos giros radicales, lo

que a veces genera un cierto menosprecio por la verosimilitud. El giro último de *La vuelta al mundo en 80 días* es un buen ejemplo: mientras el lector, apenado, cree que Phileas ha perdido su apuesta, se entera en las últimas páginas de que un ligero desfase horario, que se ha ido acumulando a lo largo del viaje, le ha hecho ganar en realidad un día;

- hace referencia a una realidad exótica. Julio Verne describe con precisión los múltiples países que atraviesa el inglés y las costumbres de las poblaciones locales. Así, los ritos hindúes, los fumaderos de opio en China o incluso los mítines políticos estadounidenses son representados de manera realista;

- encontramos personajes tipo con una psicología a menudo somera. Phileas Fogg se caracteriza por su lucidez y su calma frente a cualquier situación, mientras que Picaporte se nos presenta como un hombre valiente, entusiasta y entregado por completo a su amo. En cuanto a la bella Aouida, la única presencia femenina de la novela, está secretamente enamorada del misterioso Phileas;

- representa un mundo maniqueo. Distinguimos claramente una oposición entre los buenos y los malos: el inteligente y generoso Phileas y el astuto Picaporte representan el bien, mientras que Fix, el detective obcecado, los crueles curas hindúes y los salvajes siux, por ejemplo, encarnan el mal;

- para acabar, está destinado en un primer momento a un público adolescente. El mundo maniqueo de las novelas de aventuras explica quizás la joven edad de la mayoría de los lectores del género: se ven seducidos por la iniciativa intrépida de Phileas Fogg y pueden identificarse con

Picaporte, por ejemplo, cuya valentía salva a Aouida de la muerte o para un tren a toda velocidad.

La vuelta al mundo en 80 días se enmarca así en la definición que R. L. Stevenson da de la novela de aventuras: «Una representación del sueño de todo niño»[1].

---

1. Cita traducida por ResumenExpress.com

PARA IR MÁS ALLÁ

EDICIÓN DE REFERENCIA

- Verne, Julio. 2015. *La vuelta al mundo en 80 días*. Booklassic. E-book en PDF.

EN RESUMENEXPRESS.COM

- Guía de lectura de *Miguel Strogoff* de Julio Verne.
- Guía de lectura de *Dos años de vacaciones* de Julio Verne.
- Guía de lectura de *El castillo de los Cárpatos* de Julio Verne.
- Guía de lectura de *Viaje al centro de la Tierra* de Julio Verne.
- Guía de lectura de *Veinte mil leguas de viaje submarino* de Julio Verne.

ResumenExpress.com

Muchas más guías para descubrir tu pasión por la literatura

www.resumenexpress.com

www.resumenexpress.com

ISBN ebook: 9782806283757

ISBN papel: 9782806284891

Depósito legal: D/2016/12603/424

Cubierta: © Primento

Libro realizado por Primento, *el socio digital de los editores*